斎藤大雄の
Saito Daiyu no senryu to Meikoku
川柳と命刻

岡崎　守　編
Okazaki Mamoru

新葉館ブックス

大雄氏の愛したバー山崎にて。
酒と川柳を肴に大雄氏の夜は
終わらない。

昭和36年６月、塚越迷亭歓迎句会にて。左より大雄、越郷黙朗、澤田好苑、塚越迷亭。

小樽工業高校化学科時代。友人と。右が大雄。

昭和34年１月24日、札幌川柳社１周年記念句会にて。後ろから２列目中央が大雄。

昭　和

8年　2月18日、札幌市にて、父直文、母ユキの長男として出生。

26年　川柳をはじめる。

33年　2月、札幌車掌区講習室で開催された札幌川柳会の第2回句会に参加。

10月11日、則子と結婚。

37年　7月、「白柳会」（のち、白石川柳社）を磯野大夢とともに創設。

39年　10月、磯野大夢、葛西未明、塩見一釜、高村三平と五人集「根」を刊行。

41年　6月、岩見沢にて、「柳の芽川柳会」創設。会長・浜中登起。

10月、「川柳講座第1篇」刊行。

42年　2月、北海タイムス「タイムス川柳」選者となる。

3月、札幌川柳社が同人合議制を廃して主幹制となり、主幹に就任。

43年　5月、志水点滴、谷口とん坊らとともに「胆振川柳社」創設。

44年　4月、札幌市にて、「柳和会」創設。会

昭和37年、札幌川柳社創立4周年記念川柳大会。国鉄中央会館にて。

㊧昭和38年度北海道知事杯全道川柳大会。最前列右から2番目が大雄。2列目には則子夫人の姿。㊦浜頓別にて、木村義文と。

昭和36年札幌川柳社句会の受付をしていた頃。左から大雄、葛西未明、荒谷是也。

長・中川てい。

4月、「古川柳研究会」を相田忠朗、原口俊久、日向棒子らと結成。

4月、「石柳会」創設。会長・佐藤てる。

45年　5月、「北柳会」創設。会長・徳義正生、指導顧問・堀田亀羅。同月、「江別川柳会」創設。会長・大平ハルヒコ。

46年　2月、川柳句集「雪やなぎ」刊行。3月刊行祝賀会を開催。

47年　5月、「西柳会」創設。会長・藤田春。

8月、「中央川柳会」創設。会長・中村八四八。

48年　5月、「東川柳会」創設。事務局・茶畑夢休。

49年　5月、「とよひら川柳会」創設。会長・石倉ヒサ。

11月、「喜怒哀楽」刊行。

51年　3月、北海タイムス「月曜柳壇」新設、選者となる。

52年　10月、北海タイムス投稿者からなる

昭和46年、時計台近くのホテルにて。

㊤テレビでの川柳普及にも尽力。ＮＨＫほくほくテレビ、ＵＨＢテレビめざまし北海道など。㊥新年幕開けに堀田亀羅と。㊦初レギュラーとなったＨＢＣテレビ。

昭和41年、旭川での川柳大会にて。右から大雄、磯野大夢、（一人おいて）川上三太郎。同年、「川柳さっぽろ」は百号を突破。

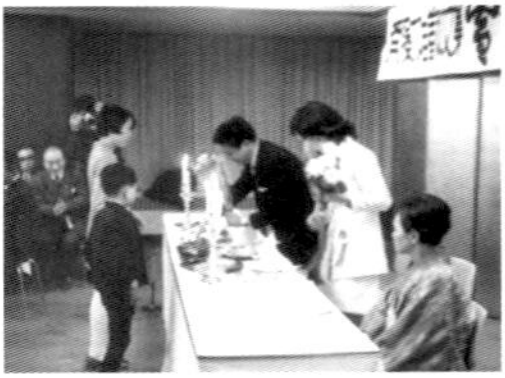

昭和46年3月28日、柳文集「雪やなぎ」発刊記念祝賀会。八重州ホテルにて。

昭和

「タイムス川柳同好会」創設。

53年　4月、第3雑詠欄創設。

54年　2月、「三越レディスクラブ川柳教室」を開講。
3月、句集「逃げ水」刊行。
10月、「北海道川柳史」刊行。
11月、「現代川柳入門」刊行。同月、「手稲川柳会」創設。会長・野口一勢。

57年　4月、「朝日カルチャー川柳教室」を開講。

58年　9月、柳文集「北の座標」刊行。

59年　8月、川柳評論集「川柳の世界」刊行。

60年　12月、川柳句集「刻の砂」刊行。

61年　2月、全日本川柳大会実行委員長に就任。

62年　6月、第11回全日本川柳札幌大会。同月、「川柳のたのしさ」刊行。
12月、ＳＴＶラジオ「川柳と今年を振り返る」出演。

63年　5月、三條東洋樹賞受賞（8月に受賞

㊤昭和50年11月28日、札幌川柳社が札幌市民文化奨励賞を受賞。
㊧昭和51年、第3回東北北海道短詩型文芸川柳大会での披講風景。

平成5年度第1期東区民講座川柳入門教室、受講生と。

昭和63年8月28日、三条東洋樹賞受賞を祝う会。八重州ホテルにて。

平成

を祝う会」。
8月、「残像百句」刊行。

元年　8月、「あつべつ川柳会」創設。会長・進藤嬰児。

2年　1月、「とんでん川柳会」創設。会長・田中敏。同月、「北広島川柳会」創設。会長・武田秀坊。

3年　9月、日本現代川柳叢書より第8集として「斎藤大雄句集」刊行。

4年　北海道川柳連盟会長に就任。
10月、「情念句」刊行、出版祝賀会。

5年　4月、「五番館西武コミュニティ・カレッジ川柳教室」を開講。
5月、田中五呂八句碑除幕式。建立に尽力。
9月、「川柳萩の会」創設。会長・出蔵勇。
12月、札幌市社会教育功労賞受賞。

6年　1月、「川柳芙蓉の会」創設。

平成８年、第２回川柳大雄賞を受賞した前田芙巳代（前列中央）とともに。

平成６年、北海道文化団体協議会主催の「文人劇」に出演。下は練習風景。

平成16年６月27日、旭日双光章受章記念祝賀会。京王プラザホテル札幌にて。

平　成

5月、北海道文化団体協議会主催の「文人劇」に出演。
7月、「川柳楡の会」創設。会長・上條たかし。

7年
2月、NHK文化センター札幌教室にて「たのしい川柳教室」開講。
4月、川柳大雄賞創設。第1回受賞者は新潟の大野風太郎。
11月、「川柳ポケット辞典」改訂版刊行。

8年
2月、現代女性川柳の会「雪華」創設。
3月、「ファミリー白石川柳会」創設。会長・中野のぶ子。
7月、「現代川柳ノート」刊行。

9年
8月、「川柳アイリスの会」創設。
8月、全日本芸術文化振興功労賞受賞。
9月、「タイムス川柳」等の投句者へ呼び掛け、川柳「時の風」創設。

10年
5月、「情念の世界」刊行。

平成17年12月4日、第1回川柳マガジン川柳大会にて「現代大衆川柳論」基調講演。

㊤平成17年7月3日、札幌芸術賞受賞祝賀会。京王プラザホテル札幌にて。
㊦平成19年1月19日、北海道文化賞を祝う。北海道川柳界では初の快挙。

本社と支部による野苑句会を多数開催。右中：平成3年、東川柳会・本社合同野苑句会。右下：平成16年、みなみ川柳会創立35周年兼本社合同野苑句会。

11年
4月、岩見沢道新文化センター「みんなの川柳」開講。
5月、句集「冬のソネット」、川柳入門「はじめのはじめのまたはじめ」刊行、出版祝賀会。
8月、「清田川柳会」創設。会長・飛登義次郎。同月、NHK「もぎたて北海道便」川柳選者としてレギュラー出演。

13年
2月、「選者のこころ」、「川柳はチャップリン」刊行。
4月、札幌川柳社に運営同人制発足。

14年
NHK札幌放送局「ほくほく川柳大賞」選者としてレギュラー出演。
7月、句集「春うらら雪のんの」刊行。

15年
5月、川柳50年ビデオ出演。
6月、「現代川柳のこころとかたち」刊行。
9月、「田中五呂八の川柳と詩論」刊行。
10月、札幌文化センター道新教室「は

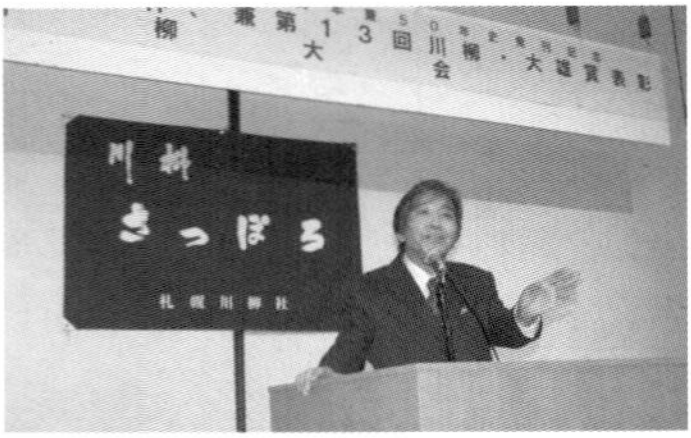

札幌川柳社50周年・50年史発刊記念大会にて、主幹を譲り、自らは会長になることを正式に表明。自らの病は最後まで明かさず、大雄氏最後の大会となった。
㊦多くの川柳書を出版。その数は30冊を超える。

最愛の母と親戚とともに。大雄氏には母を詠んだ作品が多い。

平成20年８月30日、偲ぶ会が開催され、400名を超える川柳人、文化人が参加。

平　成

16年　じめての川柳」開講。
5月、旭日双光章受章。北海道文化団体協議会会長に就任。
6月、叙勲祝賀会、「名句に学ぶ川柳うたのこころ」刊行。
7月、「川柳四季の会」創設。会長・廣澤英晴。
11月、札幌芸術賞受賞。

17年　7月、札幌芸術賞受賞祝賀会、川柳句集「追憶ハ雪」、「真夜中のナイフ」刊行。
12月、「現代大衆川柳論」刊行。

18年　4月、ＵＨＢ「めざまし北海道」に選者としてレギュラー出演。
11月、北海道文化賞受賞。

19年　3月、「川柳力」刊行。

20年　6月、「百歳力」刊行。
6月29日、胃ガンのため逝去。享年75。
8月、札幌市京王プラザホテル札幌にて、斎藤大雄さんを偲ぶ会。

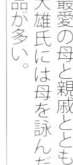

はじめに

川柳が好きだから、川柳のために、と僕は気軽に言っているような気がする。川柳に命を、という言葉を吐き出せるかとなると、戸惑わざるをえない。

ここに、十八歳から川柳を始めて、五十有余年を川柳と走り、川柳と闘い、川柳に命を賭けた男がいる。それが斎藤大雄である。

急行列車の停まるところに川柳結社を。この言葉こそが超人としての大雄の活力であり、燃焼を持続させるための命への潤滑油であった。七十五年間の人生を生涯を、川柳人口の増加と川柳の文学的な地位の向上のために、時間を命を削りながら突っ走ったのである。その燃え上がる情熱を、ほとばしるエネルギーの壮絶さを、忘れることなく心に刻みつけていかなければならない。

川柳さっぽろ誌に発表された句と、巻頭言に綴り続けられた熱き川柳への想いを、年代を追いながら編んでみた。約五十年間の六百冊に目を通しながら、心をゆさぶられながらの編集作業であった。まさに命を刻む音が五体を貫き、その川柳論に賭けた博識の凄さに感嘆させられた。

本書から〝川柳にどっぷり恋をした男〟の命の叫びを聴いて欲しい。

平成二十一年三月

岡崎　守

斎藤大雄の川柳と命刻　目次

資料提供：札幌川柳社／堀田亀羅
参考資料：「川柳さっぽろ」／「札幌川柳社五〇年史」／「北海道川柳史」ほか
斎藤大雄全著作

斎藤大雄の川柳と命刻

連凧のひとつに妻がいて落ちず

うなずけば酔う友同じことばかり

いくたびか心で別れ夫婦古り

ははのこころに僕がいてボクの詩

してれけに酔って河童のプロポーズ

川柳の趣味と遊戯の混同の原因は古川柳から尾を引き、近代川柳（明治、大正、昭和期の川柳）まで至っており、近代川柳を歩んだ大先輩にもその責任の一端はあろう。それは川柳文芸が今だにマスコミに理解されていないことがなによりの証明である。

（昭和三十五年七月）

奴凧帰るしかない酔いの果て

死がよぎるペンの重さよ肩の重さよ

あいと書くめしとも書いて男の譜

崩れゆくいのちを抱いて原稿紙

母さんがくれたいのちだ抱いて寝る

一朝一夕に大衆文学の一ジャンルを占めることは容易なことではない。いわんや芸術性とも大衆性ともつかない現代川柳は、はっきりとこころで方向を決めてかからなければ、また文学的に確かな地位を得ることはむずかしいであろう。

（昭和四十年七月）

I

北海道川柳王国から第三雑詠へ

七色に光が割れる初春の窓
ニコヨンの汗がふわふわ春がすみ
子が育つまでは笑って明日に生き
夫婦して耐えた暮しに嘘はない
コツコツと歩けば足跡しかとある
歯車で起き歯車に疲れ果て
暗い影秘めてさまよう欲の果て

現代川柳を指標するものに選句と作句が大きな要素を占めていることは、改めて申すまでもないが、はたして現代川柳家が自己の選句態度を明示し、また作品によって現代川柳という自己意識があるかどうかは大いに疑問とするところである。

（昭和四十一年九月）

土となる日まで踏まれるアルミ銭

働ける汗をいたわる妻の咳

どの顔も出世してない縄のれん

妥協する心になってから睡り

食うものを植えた空地もビルの下

疲れとるみそ汁がある日本人

心だけ笑えば人間だけ残り

なぜ、何のために川柳雑誌を発行し、川柳の生命を保っているのであろうか。〝川柳が好きだから〟の一語だけで莫大なる時間とエネルギーを消費できるほど川柳は偉大な芸術であろうかと不思議に思うことがある。まさか川柳雑誌の号数だけを重ねる目的で心血を注いでいるのではあるまい。川柳の底に何かがあり一個の人間を燃焼させているのではなかろうか。

（昭和四十二年五月）

太陽で稼ぎネオンに撒く暮し
今日の酒忘れることの幸に酔い
どん底にいる経験に励まされ
破ってても捨ててても脳裏に残る過去
米を磨ぐ音ほんとうに生きる音
まだ自己に妥協できずに寝れぬ夜
故郷思う空笑う雲怒る雲

川柳作品というものは肉体の老化、すなわち老人というものとは無関係なものであり、精神年齢のみが川柳と結びつく年齢であると思う。その精神の老化は肉体の老化より以上に決定できぬものであり、老人という言葉が精神生活において通用するものであるかどうかは疑問である。

（昭和四十二年九月）

子を守る母人混みで人を押し

鍋の焦げ母は自分でそっと盛り

佳いことが続いて母の苦労性

角までと言う母の下駄二度曲り

母と出て母の歩巾になってやり

ありまえですと苦労の中の母

帯固く締めて明治のままの母

川柳が発展しない、今だに文芸界の末端に甘んじているということは、川柳作品の内容的検討は言うに及ばないが、川柳家、川柳愛好家の員数が他分野と比較して、ものすごく劣っていることが第一の原因である。第二は発表誌が今だに四つ折りできるような薄っぺらな柳誌しか出せないところに、川柳自身が薄っぺらに考えられる点である。そうして第三に作品向上が来るわけで、環境を作らずして名作を産めと言っても現代ではなかなかむずかしいことである。

（昭和四十三年二月）

太陽は真っ赤子の絵は晴れている
父笑う日は子供らは父につき
子を叱る声貧しさの中で聞き
内職の肩を小さな手が叩き
雪国の子の身仕度は雪に勝ち
星の出を子と待ち星を子と数え
幸福はどの子の希望も聞いて酔い

最近の川柳は、諷刺性に乏しいことは本誌の作品を見ても一目瞭然である。諷刺をもって川柳の神髄であるとは言わないが、「柳樽」における諷刺精神、近代川柳の夜明けにおける反骨精神などを思うと、われわれは余りにも大平ムードの中で作句し、川柳でなければ詠えない諷刺性というものを忘れているような気がする。

（昭和四十三年五月）

群衆へ道化のようにチビた下駄
働いた足袋ぽつねんと枕もと
嘘一つ一つ重ねて身を守り
迷ってる手は賛成へ低く上げ
生きようとする語半分嘘を言い
すがる手にすり切れている神の鈴
逝った人働きぬいた指を組み

「急行の停るところに川柳結社あり」という目的で、北海道に十年前までは一と桁に満たない川柳結社しかなかったのが、現在は三十結社を越えるに至っている。これは空白時代の長かった北海道川柳を取り戻そうという川柳人の熱意が隆盛の気運に持って行ったのであって、「急行の停るところに川柳結社あり」という言葉自体が古くなり、現在では「人の住むところに川柳あり」に変って来たことは、やがて北海道に川柳ブームが来ることを約束している気がする。

（昭和四十四年三月）

ただ明日があるから黙って暦剥ぎ
人助けする手される手荒れている
丸い膳家族は丸いものが好き
貧しさに泣くまい五本の指がある
働いた軍手曲がったままで脱げ
俺の吐く息生きている冬の朝
理性脳天で失せ春画破き

川柳は心のつづりである。だがいままで貯っていたものを吐き出すだけでは、一年もしないうちに底をついてしまう。その底をつかないようにするには川柳の目玉の動きによる観察、分析、総合である。大いに川柳人は目玉を動かして、身辺からでも新しいものを発見してもらいたいと思っている。

（昭和四十四年八月）

愛欲のルツボ脂粉と汗の中

唇を二度逃げ愛を二度言わせ

独り住む女の部屋に十字あり

致死量を飲むまね女笑ってる

フィナーレやっぱり鏡に女座し

白旗はなんでも書かす色を持ち

叱る声情に触れれば孤独なり

人間に顔があり、表情があることを知っていても、句に顔があり、表情があることを自覚している人は意外と少ない。自分の顔を大切にするように、句と顔と表情を大切にして、個性ある川柳を作っていただきたいと思っている。

（昭和四十四年九月）

ブランコの孤影地を蹴り天を蹴り

酔い痴れて身を斬る酒の席愛す

心臓をドスンと落し雪落ちる

直角に風が曲ってビルの雪

家計から離れプランの楽し過ぎ

微熱いらいらと真から子を叱り

妻を打ち貧しきことへ奥歯噛む

なぜ女性柳人が近年になって急増したのであろうかを考えてみると、まず第一にあげられることは、経済の高度成長にともなう家庭生活の改革のためであるといえよう。だが、これだけでは川柳のみに関したことではなく全般的にいえることであろうと思う。川柳は、そういう環境のなかで、今まで見られなかった台所の文学として浸透したからであるといい切ることができる。

（昭和四十五年一月）

喧嘩した夫婦一日遠慮する

子には子の増悪石持つ児が二人

落ち着かぬ心妻子が無事なのに

抱かれる形に子が来て父子一つ

酒チビリ逢いたい人をふと思い

酒とろり冗談にして愛し合い

酔いざめてやはり金欲し命欲し

大衆性も文学性も仲間的マスターベーションに落ち入ってはいけないことである。いかに高度な作品を持ってしても、文学的理論を持ってしても、川柳人の仲間だけのものであればなんにもならない。川柳人以外の人に作品が迎えられ理論が認められてこそ、川柳という短詩型文芸が意義ある生き方をしたことになるのではなかろうか。

（昭和四十五年十一月）

恋に詩に枯れていのちの音静か

酔い痴れた足樽漬けの如く来る

一日を充実してる酒の友

酔ったふりすればそこから頼みごと

賛成のはず気が付けば誰もいず

奴隷ではない八時間使われる

道のへり踏まされ排気ガスを吸い

川柳人は自分の句を大切にしないかわりに、他人の句も大切にしない傾向がある。何日も何十日も考えて、練って、推敲して句を仕立てるのであればおそらく、一句を大切にするであろうと思う。一句の価値は何十万分の一かも知れない。しかし、その何十万分の一の価値を川柳人一人一人が見つけ出してやり、作者に一句の価値を教えてあげたいものである。一句を大切にしたいと思う。

（昭和四十六年一月）

収入のない肩書へ金をかけ
仕返しに来た野鴉の鳴きやまず
終電車蒸発できぬ貌が乗り
いくつもの笑いがうまい回り椅子
負けいくさ悲しく自己が枯れて行き
何もせぬのに爪が伸び髭が伸び
勝っている笑顔を勝てる眼が笑い

それでは私の川柳観は何かというと、すごく幼稚なもので、今更公表するまでもないが大衆の中に溶けて大衆の中で生きて行く川柳を目的としている。もし、私が一匹狼的存在であれば人間の究極を絞った最後の血液の一滴を詩化して見たいと思っているが、これは私に許されない詩性であることを知っている。

（昭和四十七年一月）

結論となれば他人の位置へ行き

新任へみな保護色となって媚び

天と地の巾で人間貧しすぎ

法の裏たのめば法で断わられ

パンプスに変えて出る背は母でなし

酔う父をまだうれしがる子等でよし

性哀しわが子にくにくしく叱り

詩性派を志す柳人もしかりである。十七音詩型を最大限に詩化することに努力する、これは結構なことであるが、川柳という詩型を詩壇にまで食い入ろうと努力するくらいでなければならない。既成川柳を排し、川柳の革新を唱える。これだけではやはり川柳人のための川柳に過ぎないではないかといわざるを得ない。

（昭和四十七年三月）

飛びたてば妻子姑がぶらさがり
冬の蠅夫婦喧嘩へ一つ落ち
父と子の口論母は姉を呼び
暴力へ勇気がいない人だかり
出るとこへ出ると凄んで小さい事故
さくら咲くかぎり日本人であり
大臣に言えず車掌へ酔った口

川柳の競詠で切磋琢磨するのもいい、川柳に詩性を導入して詩川柳とするのもいい、だが川柳人の誰かがわが土地、わが風土を川柳によって詠い続けてくれるものが現われてもいいのではないかと願っている。その暁には川柳は文学でございますなどと断わらなくとも、歴史がそれを認めてくれるであろうことを信じている。

（昭和四十七年十一月）

損をするように男の見栄哀し

言えぬから言う正論を妻がほめ

日本地図今年も島が増えていず

ゴミ捨て場昭和の無駄を食うカラス

水流るとこがない都市の貧政

日本地図画きたい島が二つ三つ

タレントを呼び三越も必死なり

地方色豊かな川柳は私たちがお互いに努力し合い、理解し合ってこそ培っていくものなのである。中央文化を吸収することも大切であるが、それに溺れてしまっては、北海道がなくなってしまう。ローカル文学のなかに川柳も仲間入りして北海道を育てたいものである。

（昭和四十八年七月）

排気ガス癌を憎んで二日酔い
宗教は誰れも言わない通夜の席
貸し借りもなくサラリーの枠で生き
妻の手は男心へ手が行かず
夫婦万才同じに老いて手をつなぎ
友情に劣る日もある妻の愛
男対女夫婦でない夫婦

川柳を文学化し、詩化することも大切であるが、全川柳がそうなってしまうと大衆から浮き上ってしまう。やはり川柳は大衆の真実の声でありたいものと願っている。

（昭和四十八年七月）

悲しみへ夫婦悲しみまで違い
子の寝息ほんとに今日が終ってる
ロマンまだ捨てず夫が物足りず
めでたさを男は酔ってそれっきり
地球儀を回せば核がこぼれ落ち
ペンを替えインクを代えて白い紙
ウーマンリブ脳天で抜け無精卵

日本人は「肉体の遊び」は得意だが、「心の遊び」は不得手のようである。週休二日制というよき時代に生活できるのだから、大いに「心の遊び」を楽しんでもいいのではないだろうか。そしてその「心の遊び」に川柳を覚えて楽しむのが、これからの時代に生きて行く理想的な姿ではないだろうかと思っている。

（昭和四十八年十一月）

神様へ騙されてやる人の欲

公害を騒いで寿命伸びつづけ

もんもんと噂の嘘に泳がされ

今年こそ小ちゃな俺をまた認め

欲があり恋あり神話人臭し

忙がしい鎖に自己が見当らず

狂人の呼ぶ手へ男の胸騒ぎ

川柳は創造するものであると考えたい。創造しても、それを受け入れるものがなければ創造したことにはならない。すなわち創造の場と享受の場が一つになって、はじめて川柳が成立するのである。いくら立派な句を作っても発表しなければ、作ったとはいえないのであり、発表されても誰も読んでくれなければ発表したことにならない。コミュニケーションが成立しなければ創造はあり得ないということになる。

（昭和四十九年二月）

煩悩へ仏は神を隅へ押し

爪の垢やたら気になる美女がいる

弁解は日記の中の黙秘権

手工業裸灯の下の咳やまず

オリンピック万才真っ黒い雪が降る

海でない海に生まれて奇魚珍魚

離農する瑞穂の国であった土地

今年は一つ川柳人口の増加ということに目的をおいたのであるから、なんとかPRの方法を考えなければならないと思っている。その一つの方法として、川柳に誘ってくれた人にご恩返しをする意味から、もう一人川柳に誘ってみてはどうだろうか。もしこれを実行することができれば、PRの悩みは解消され、現在の二倍に川柳人口がふくれ上っていくことであろう。言うは易し行うは難しだが、是非実行してみていただきたい。

（昭和五十年二月）

空の色地の色鼻毛汚れてる

土に生き土に育って土地を売り

慌ててる緑はブルに追いつけず

川底の底に地虫の如く人

死ぬ真似もできず三六五

搾取する音は見せないボーナス日

二等分まだまだ馬鹿になりきれず

札幌川柳社が北海道文化団体協議会員賞を受賞した。このよろこびをわかち合って自己満足するのもいいだろう。だが、川柳が文学賞をいただいたわけではない、また芸術賞をもらったわけではない。まだまだ川柳にはやらなければならないことが山積している。

（昭和五十年十月）

働けという太陽へ奴隷めき
神からの個性の中の不器用さ
真実をたどれば嘘が手に残り
四十坂一歩一歩を振り向かず
天下泰平漫画へ四十の歯で笑い
逃げ水をあきらめていず四十坂
日本万才一億人に初日の出

その想像のふくらまし方には、知識、経験、性格がともなって、それぞれ違うであろうし、また句にしようとする着想の対象によっても異ることである。真接的・受動的想像、間接的・能動的想像、全体的・機械的想像というように現われ、そして読者に訴えられるものである。しかし散文のように、思ったこと、感じたこと、主張したいことを総て綴るわけにはいかないところに川柳の悲しさがあり、また楽しさがあるのである。

（昭和五十一年三月）

髪洗う髪の中から男の眼

意地捨てて見ればなんにもない瞳

冷ややかに他人見つめて満たされず

あらたまるからあらあらたまり母の屠蘇

数え齢母に話せば亡父のこと

帽子屋で妻はバッグが欲しくなり

炎えつきて風だけとなる夫婦愛

ともあれ、世間ではまだ川柳を文学と認めていないものが多い。残念で仕方がないが歴史の負債はどうすることもできない。それらと闘うより仕方がないのである。文学論争の前に底辺の拡張を主張してきた私であったが、そろそろ文学論争の中に川柳も仲間入りする時期がやってきたようだ。

（昭和五十二年九月）

スイッチオンぐたぐたガラガラ朝の音
まだ欲があるらし美女へ振り返り
元朝の暗さを暗く南無阿弥陀
天へ地へ戻らず地球の貌で雪
雪へ立つ五尺は日本人であり
独楽回る回る倒れる日を信じ
日記だけ正直に書く罪一つ

「第三雑詠」という言葉に抵抗を感じないわけではないが、その言葉より内容に苦慮しているのが現実である。川柳という社会との媒体としての句、そして芸術的志向によって創作していく句、そしてまた、十七音詩としての限界へ挑戦していく句。川柳に課せられた問題は広くそして深いものがある。これは私個人の問題ではなく、川柳人各位に与えられた挑戦状ではないかと思う。「第三雑詠」は、その挑戦状を川柳人各位に叩きつけた欄になるのではないかと思う。

（昭和五十三年二月）

既製服似合い大物にはなれず

平和でも軍手働く性を持ち

レモンティ君も独りかよくわかり

酒ちびりちびり時計を見ずに酔い

空となるボトルを理性の中で酔い

美女だから楽しく酔ってバーの隅

キャバレーの疲れを言わずわが家の灯

一〇三名の投句、五一五句が私を脅やかし圧してきた。新・旧伝・革・亜流と多種多彩な句は私のフィルターを目詰まりさせてしまった。ただひとつ言えることは、作句者の血が濃厚であるものを選び落さないことであった。もうひとつは短詩としての世界と川柳としての世界の区切りをつけることである。川柳を短詩として成長させることは易しい。しかし短詩の中の川柳として成長させることは非常にむずかしい。この闘いがこれからも「第三雑詠」としてつづくであろうと思う。

（昭和五十三年四月）

俗眼となってポルノへ正座する
屋根があるあめゆきが降る愛がある
妻眠る子も寝る明日にまだなれず
北風へ首から待ってバスが来ず
春の雪疲れたように重く降り
笑う歯の白さ白さに我れ死なん
平等に生まれ遊ぶ手働く手

川柳は芸なり、と言い切ってしまうと、五七五と指折り数えて句を作っている人たちに、とまどいを与えるばかりであろうが、句をつづけ、自分を詠っているうちに、その人となりがでるものである。そしてひとつの芸を形成してゆくものである。それでいいのだと思っている。しかし、もうひとつ芸に磨きをかけ、天性に鞭打つことによって、読むものに感動を与える作品を生むことができよう。

（昭和五十三年六月）

物価高わが白旗へ眼を向けず

新しい過去なり今日も雪つもる

してれけに酔って河童のプロポーズ

酒ビールロックと河童虹が好き

心よりボイン恋して老い河童

ライオンを猫にする気のママの鞭

小心の虚勢悲しや酒の息

〝おとこ〟には自分のことを詠うと照れがあって作品にならないが、〝おんな〟には照れがない。照れがないから女は、すぐに情念に行き着くことができる。そして涙し、ロマンを追い、艶をだすことができるのかも知れない。姿、匂い、羞、操、恋などとたどってゆくと、女のためにつくられた言葉であり、文学であるような気がする。そうすると男なんてほんとうは女の従属物なのかも知れない。

（昭和五十三年七月）

思考ゼロボトルのかさが減っている
クスリバリバリガブガブとベッドの死
男にも泣く日柩の中に母
謝ってただあやまって母の遺書
空気だけ座って通夜の淋しすぎ
足の裏から投げ出した悲しさよ
グラス乾す悲しさも乾す孤独です

作品を産むときには培養液（天性、人生経験、そしゃく）も必要だが、その培養液に植える菌がなければならない。その菌となるものが感性であり感動なのである。人間、生きていれば誰でも作品を製産することができる。ただ、その菌に雑菌が入ったり、培養液に栄養物が足りないと目的の作品が産まれてこない。

（昭和五十三年十一月）

美しく悲しく青くデスマスク
盆にゃ来るから悲しますデスマスク
かぞえ唄逆に唄って核の音
通せんぼ皇居庶民のものならず
爆破魔へ身分証明通りゃんせ
ガリ勉はやめ少年は思想抱く
人間の歓喜が阿呆な馬の息

第三雑詠は〝孤〟の闘いの場であると思って選に当っている。〝私〟が句のなかにいなければそれを発見できなければ選者失格であると思っている。コンピューターは〝孤〟を発見できないから、選はコンピューターにまかせるわけにはゆかない。

（昭和五十四年二月）

屠場覗く鬼その日から鬼にあき
鬼が舞う人間よりも人くさし
めった打ちされた五体でペン握る
オレの過去一升びんが喋りだし
敗者復活みじめな敗者また敗者
ペンの音妻の寝息へ子のねいき
死ぬことは言わず思わずベッドの灯

川柳人には老人が多い。いわゆる地下鉄をタダで乗れる人たちだ。俺は、私は、年をとった、記憶が薄らいだ、句会に出るのがおっくうになってきた、としばしば耳にする。だが生きている以上は生命の燃焼があるはずで、細胞が分裂していることは確かだ。そのエネルギーを俗世間のために消火してしまうことなく、川柳によって吐き出してほしいものだと思っている。

（昭和五十四年四月）

吠えてみて威張ってみてもコップ酒

頭のなかになんにもない原稿紙

四十坂父の影絵と重ならず

母にだけ歳時記がある二日灸

種あかしなあにも持たぬ凡夫婦

老いが独り幸せそうにいて孤独

いろいろな寝息へ寝台車が停る

第三雑詠がわからないと皆が言うと言う。本人がわからないと言わないところがまだ可愛いところがあるが「何が、どうして、どうなった」と教えた川柳の組み立て方を一生涯守り抜いていては「私」がいなくなってしまう。基礎をしっかり踏んまえた上で、自由奔放にご先祖様がくださった隔世遺伝に磨きをかけていただきたい。

（昭和五十四年六月）

弁解がすぎてるひげがのびている

自活する女詩もなく爪を切り

ボンゴの音ぼくのどこかに原始の血

無医村を雪が包んで咳やまず

孤の中の渦と語って暖炉の火

風ぐるま五月の風へ老いの恋

金魚売りむかしの金魚売りにくる

　川柳社会化への運動展開に、まず数の開拓から手がけてきた。ものを書き、ペンを持てるものであれば誰でも句ができるのだと説いてきた。その数はまだまだ目的に達していないが、次のステップを踏まなければならない。それは作品の内容ということになる。それは客観句から主観句への移行という非常にむずかしい問題に取り組まなければならない。

（昭和五十四年八月）

鳩だけが来てる鉄路の錆びたまま

めし粒のひとつ見捨てている平和

なにがしの手当てで妻のブーツ買う

盗み酒やがて影だけ飲んでいる

春ぽかりたましいふわりメロドラマ

ポケットのマッチおしゃべりして帰り

食べごろのいのちを鬼が待つフォーク

現在の川柳界は、ことばによって表現するより、文字によって表現することが多くなってきた。そのために一字一字の意味を大切にするようになってきたし、擬人化による表現が重要視されるようになってきた。

句を作るということは表現するということである、それも時間という流れのなかの現在を表現しなければならない。

（昭和五十四年十二月）

闊歩するビキニへヘソが照れただけ
もう一度ころんでピエロ柩曳く
紙風船破れる日まで恋に舞う
ワルツ踏む男へステップして女
自爆する覚悟も女紅を刷く
バラが散る紫煙の中にいる女
泥舟の沈む日までの恋燃える

芥川竜之介は川柳を評して「余りにも庶民的すぎるから」だと言う。だが庶民的でない文芸など数少ない。俳句にしても短歌にしても庶民の文芸であることには変わりはない。だが俳句にも短歌にも「私」がいるが、川柳の作品には「私」の存在が稀薄であったということが言える。時事川柳しかりであり、句会吟しかりである。八〇年代の川柳は「個の闘争」からはじまって、陰の文化を確立しなければならないと思っている。

（昭和五十五年二月）

笑みひとつふたあつ女の果し状

ビールなら付き合う女にある打算

しわの顔皺にし戦から戻り

一列に並んでエゴのつまらなさ

鳩時計いつしか二十五時も鳴き

業ひとつ日記のペンの錆びたまま

自画像を醜く画いた自尊心

川柳人のもっとも嫌な言葉に「川柳は趣味だから」と自己欺瞞することである。趣味と嗜好の混同、趣味と遊びの同一視が「川柳は趣味だから」という言葉で、川柳的活動を逃げ、批判を避け、あげくの果ては自己逃避を図り、川柳界を堕落させる結果を招いてしまう。

書店に行くと川柳の書籍は趣味、娯楽コーナーにはない。文学の短詩型コーナーにある。川柳自身が川柳を安易に考えて堕落させるような結果を招かないようにしていただきたい。

（昭和五十五年三月）

一日を捨てるいのちの酒を飲む

胃の重さ鞄の重さ靴の底

風が雪が寒が男の明日へ発つ

北帰行鼻毛も凍てて地のぬくさ

素足から春が近づく寒の音

雪語るむかしむかしの母といる

雪が死ぬビルの谷間の風が哭く

しからば川柳は、本当に現代とかかわりながら生きてきただろうか。外側だけを眺めて句に記してきただけではないだろうか。社会の一員として共に苦しみ喜び、そのなかから人間を追求していったであろうか。物価値上げを愚痴り、貧政を嘆き、社会の変遷を批判したにすぎないのではないだろうか。私が社会の一員であることを忘れて。

（昭和五十五年三月）

冬の死よ悲しいまでに雪へ哭き

ぼたんひとつ落として根雪のおとでふる

自己主張おとこのペンのインク枯る

首眠る夜汽車の音の酒の息

冷凍庫の隅の蟻の死よ俺の死よ

葬列に涙がひとつ愛ひとつ

花びらのひとつをわたくしだけ信じ

第三雑詠欄中止の報を知ってかんぐった問い合せがきている。その主なものは世間の批判に負けたのではないか、というものであった。決してそんな弱い私ではないつもりである。むしろ世間が騒げば騒ぐほど、第三雑詠の意義を認めて頑張るほうである。

自分が自分であることを立証するために句を作っていただければ、それでいい。炎の人ゴッホのように。

（昭和五十五年四月）

掌になにも持てずに男のたちくらみ

北風びゅうびゅうモノクロの旅へ出る

雪まるく角巻まるく母と逢う

雪赤く真っ赤に悲し実父の死

首までも漬かった屋根の雪と落つ

雪流る川透明に夢流る

干鱈が昨年のまんま軒つらら

川柳は「芸」である。科学ではなく「芸」である。この「芸」の原点に戻って古川柳を再検討する必要があるであろうし、現代川柳を「芸」として育てていかなければならない。いままでの川柳は「理」に覆われて「芸」が薄らいでいたような気がする。

（昭和五十六年一月）

II

情念の世界

北風へ雪だけが来る針千本

十二支四つわが青春のエピローグ

情念も妬心ものんで闇寡黙

情念と鬼棲みついて姫鏡

雪が降る情念が降る妬心待つ

情念が絡むジンタが鳴りつづく

情念を一滴消してレモンの香

そこで川柳に間があるかと問うと大いにあると答えなければならない。句を披講するときの間のとり方は、選者諸君は大いに勉強しなければならないひとつであろう。また入選句に対しての呼名も間合いが大切である。それよりも川柳作品についての空間が、心理的、幽玄的な間のとり方が大切であり、この間のとり方を覚えることによって、句は自分だけのものでなく大衆のなかに溶け込んだ作品として生きることができるであろう。

（昭和五十六年六月）

あぶり絵に亡父いて亡父と同じ齢

夜の帽子ラストダンスへ来ぬ悪魔

小心が安らいでいた鬼の面

樹氷キンキン失意の鬼を刺して天

祖母の珠数鬼と仏を背に棲ませ

ページ繰るむかしむかしの祖母の鬼

鬼ある日ひとの泪へ貝となる

私は川柳作品を説明するときに、その作品は私の人形であるということがある。その意味は、句を作る私自身と私の句を読む読者のなかに人形がいるということである。すなわち私が句を作るときは、私の考えを、そして私の情念を移入するのである。読者は、私の感情移入した人形(句)を見て、心を、考えを、情念を汲みとっているのである。

(昭和五十七年十二月)

屈辱を独り嘲笑えば鬼になる
はなみずを拭いた易者の手へ出す手
パック詰め仏の四季を忘れかけ
人妻という神様のご冗談
嫁にするまで黙ってる膝頭
すこしずつ枝豆の殻法螺となる
ジョギングの若さを若く枯れすすき

当時の発行部数は一千部発行だった。それから十年後の現在は発行部数こそ一千二百部とのばしているが、とてもとても事務所を持ち、専任の事務局員を置くまでにはいたっていない。それは、なぜなのだろうか。私の怠惰とするところなのだろうか。社会経済の不況がもたらすゆえんなのだろうか。いや川柳人口の飽和点がこの辺なのだろうか。

現在の会員一人が一人誌友を紹介してくれると、店頭販売の理想像が現実になるのである。

（昭和五十八年四月）

中年が恋に眠った子守唄
五円玉の穴に棲んでたボクの夢
特売場押されて牧師押し返し
嫁がくるみんな待ってた無人駅
中年の歩幅が揃うミニぷりん
古着屋の背広を買った秋の風
もう翔べぬ男の背なにあるシャボン

題詠吟の解釈で、いまだに狭義か広義かを論ぜられているが、もうとっくに終っていい問題で、例えば「道」であれば、具象派の人々は「道路」を詠えばよいだろうし、それに満足しない人々は「死への道」を詠えばよいのである。

（昭和五十九年四月）

米を研ぐ音に負けてくキリギリス
雪のんの昨日が消える愛消える
悲しみを泣いて女よ帯たたむ
満月へ人形の恋よ波に溶け
夜を呼びトランペットよまだ他人
雨しとどいのちがふたつ灰となる
天と地のいのちあずけて冬の木ぞ

川柳における「情念」は、自己だけがもつ「心の生活」であるといえよう。これは他から束縛されるなにものももっていず、いま生きているひとつの〈私〉の生活であるといえよう。その情念には、教養、生活環境、人生経験、遺伝因子などあらゆるものが包含され〈私〉だけの心の世界を形成しているのである。

（昭和六十年十月）

氷の枕から地獄の使者がきた
ひとり酌む酒ぞひとりの過去を食む
墨をするわたくしを摺るひとつの詩
炎天の恋よ右脳歩きだす
人魚の死河童ルンバへ夜が明けず
神が棲む花園蝶ぞ交尾する
生き抜いた誇りぞ魚の骨残る

現在、女性柳人がうなぎ昇りに増えているし、作品も向上している。現代川柳が発展してきたのは男性の努力ではなく女性の隠れた努力によってではないだろうか。これからも日本の文化がこれらの女性の隠れた努力によって繁栄していくことであろう。

（昭和六十一年四月）

旅の果て死を思う日の原稿紙
歯の熱よズキンズキンと原稿紙
ペン先が眠る時間が起きている
消しゴムが貨車で届いた無罪の日
他人の背に白髪がひとつボクとなる
月の夜を月へ旅して木馬たち
百万語を脳天になにも書けない

その興奮の坩堝のなかに残ったものはなんであろうか。全日本の川柳人が残していったものはなんなのであろうか。第一部の事前投句が一、六二四名、当日の第二部の出席者数六七五名の残していったものはなんであろうか。その坩堝の中に残っているものへ、塩酸を入れ、硫酸を入れ、硝酸を入れてみて、なにが溶け込んできたかを調べなければならない。

（昭和六十二年七月）

正月を真っ白くいるゆで卵

キンキンと凍てた男の骨となる

地球から手紙が届く蕗の薹

初夏の風ほしくておんな髪洗う

秋の陽を斜めに読んで古本屋

雪のなかのなかで死にたや赤い血よ

脳味噌のへドロへ白い本を買う

札幌の芸術文化年鑑が刊行された。正式には87札幌芸術文化年鑑で、財団法人札幌市教育文化財団から発行され、今年で第二号になるものである。昨年の第一号を手にしたとき「川柳」の項目がないので、ものすごい憤りを感じ、また私の力なさを反省し、なんとか川柳というジャンルを「芸術文化」に仲間入りをさせなければならないと思っていた。そして関係筋へ話をしておいたのが効いたのかは別として、今年は私宛に執筆依頼がきたのである。

（昭和六十二年十月）

目を閉じて過去と未来とかごめの輪
愛ひとつぃのちがひとつ　やがて墓
初恋がいきなり過ぎていった　肖像
愛別離苦リンゴの皮をむきつづけ
裏切って帰る孤独の爪割れる
滅びゆく男ゆっくり消してく火
すこし老ぃすこおし派手な過去と遇う

昭和六十三年四月二十九日は、私の川柳の歴史のなかで記念すべき日であるといわなければならない。それは札幌川柳社が創立して三十年という年輪を刻んだ祝賀の日だからである。そして私の人生の半分をこの札幌川柳社のためにエネルギーをついやしたことを立証する日でもある。

（昭和六十三年四月）

悲しくもひとつのまこと雪となる

妻からの辞表だってある夜の底

みんな終わるしなびたみかんだけ残る

魚の骨のどにひっかけ妻の留守

公園のベンチに自由な男がいる

裸婦像の脂肪をのぞく脚線美

妻も子も恋もいらない真昼間

川柳作品に『美』があるかと問い正したときに、『ある』と答えることができるであろうか。『ある』と答えたときに、その『美』とは『かたち』の美であるのか、『こころ』の美であるのかと問い詰めていかなければならない。いや『全体』の美であると答えたときに、川柳は『美に対する憧れの表現』といえるのかと、また問い直してみる必要がある。

（昭和六十三年六月）

飲むだけのむなしさ風が抜けてゆく
明日があるから梅干の種を割る
書架の虫天寿のかおで枯れている
夏の汗ラーメンの汗闇暮れず
吐く嘘がもういじっと死をまとう
明日の明日そのまた明日と秋の天
雨ばかり降らして神のうつの日よ

『平成元年』という幕明けのなかで、私はとてつもないことを考えてしまった。それは北海道に川柳村を創ろうということである。過疎現象の激しい北海道の村や町に、どこか一つくらい川柳の村があってもいいのではないかと思ったのが『平成元年』の川柳の第一歩であった。天地の平和のなかで川柳の素晴らしさを謳歌したいものである。

（平成元年二月）

真ん中に人間がいた猛吹雪

ぼんやりと心臓といる冬の闇

死者が行く生者は死者に逆らわず

処刑台佇てば明日の風が吹き

顔顔顔　音音音　眠る

葬列にもぐって鬼と舞うルンバ

死んだ母とまだ話してる糸電話

誰が考えたのか、選者の資格の三要素というのがある。その一は川柳を作れることである。その二は選評をできることである。その三は文学的素養をもっていることである。その深さ、内容は別として、これも勉強をしなければ身につかないものである。『選もまた創作なり』とは高浜虚子の名言。おおいに勉強してもらいたい。

（平成元年六月）

他人ではないおとこ靴おんな靴

女の口から逃げきった狼よ

去る女を追ってはならぬニシン曇り

人を待つ君もあなたも騙される

ひとりの時間つかまえに小鬼たち

孤の中に溜めて十指に余る欲

薔薇が散る尺取虫の伸びたまま

最近の川柳には情念をうたった句が多い。特に女性川柳の主流を占めているのが、情念の世界であるといってもよいだろう。それは現代川柳のひとつの傾向として、心象の世界が作品化されるようになってきたことにともない、いきおい情念の世界が描かれるようになってきたのである。

（平成元年七月）

コインロッカーに私も入れて傘一つ

天井にむかしの忍がへばりつき

ボールペン乾いたまんま愛渇く

みな笑い忘れ出を待つ芝居小屋

好きだとは言えない指のピストルよ

眼の中に少女を入れた黒い舌

狂人凛凛わたしが生きて私がいない

もし、この世の中に「悪」が完全になく、「善」ばかりだったら退屈この上ないだろう。しかし、心配することはない。女性川柳には「悪い女」がたくさんいる。悪い女ほど「人間らしく」生きているということである。なにも川柳の世界にまで「いい子」になって人間性を失うことはあるまい。それにひきかえ男性川柳は「いい子」になりすぎている句が多いような気がする。

（平成三年二月）

前列の女が怖い無言劇
泣き酒よ昔の俺も酔っている
烏賊納豆徳利二本酒四合
人間の顔から嘘が歩き出す
ロバの背に昨日の荷がある炎天下
酸欠の街でソープのビラもらう
女女女　からっぽになった部屋

静かに徐徐に、そして激しく急速に川柳論が取り上げられるようになってきた。歴史的にみて、なんと稀薄な、単発的な川柳論であったが、二十一世紀に向っての川柳が、いまここに静かなブームを呼ぼうとしている。それは川柳がやっと文学としての存在感を意識のなかに入れた各結社の主幹または編集人の姿勢の反映ではなかろうかと思っている。

（平成三年四月）

生きる手と死ぬ手が固い夫婦の絵

天秤棒酒と女と金と愚と

血の流れ音にしている大地の眼

神の日に鬼も踊ってピィーヒョロロ

十字架になる木を植える鬼の汗

燃えた日もあった夕日へみかんむく

ぼくのいのちへ時計の針がしゃぶりつき

さて、現代川柳とはを、現代という見地から定義づけてみると、「現代に生きる何かの可能性を求めて」作句することではないだろうか。また「捉えがたい現代を確かめるために、これを手探りで追い求める」川柳をいうのではないだろうか。それは「現代的、都会的風物をとりあげていれば、それがそのまま現代川柳というわけにはいかない。現代川柳は表現面でも、現代川柳のみがなし得る、新しいことをこころみる勇気を持つべきである」といいたい。

(平成四年六月)

箸袋想い出つれてひとりの夜
咳咳咳白白白病院暮れる
少しずつ呆けてく師がいる我れもいる
頭のてっぺんが眠りこけてる朝のペン
生きたいと思ういのちのかわやなぎ
人人人土の中から人が涌き
ブランコを鬼がこいでるむかしむかし

先ほども触れたように、『情念句』とは川柳界のみならず短詩型の分野においても新語ではないかと思う。これを機に川柳界において『情念句』の確立がなされ、そして一ジャンルが形成され、やがて分類され、文芸的評価がなされれば、この本の目的は充分にかなえられたといってもよいだろう。

（平成四年秋）

百パーセント生きた時計の眠りたや

骸骨が凍る　燃えてる黒い雪

摸倣模作一句のいのち一句の死

生と死にボクが立ってた死んだ蟻

回転木馬が通過して行く悲しい眼

涙よ雨よ母さんがいた父がいた

人間万歳十二月三十一日を眠る

去る十月二十八日発行にて、地元新聞社の北海タイムス社より、『情念句』——女性川柳の手引き——を出版した。そして三十一日に柳友諸兄姉の心あたたまるご支援によって出版記念会を催していただき、川柳人三昧に浸らせていただいた。

『情念句』、それは私の情念がのり移ったかのように、わが家は毎日のように書籍小包の発送に時間をついやしているのである。

（平成四年十二月）

しゃっけえ手あったけぇ手雪いのちひとつ
安っぽい詩シロレバスナギモよ
いのちくるくる時間くるくる朝の音
原稿紙いちまいを剥ぐいのち剥ぐ
締め切りへ柩を開けて待つ睡魔
みんな働いている　枯れ葉一枚
ポッキーをポキンと俺の死を食べる

まさに今、江戸末期の太平楽の世の中と似ている歴史の巡りにあることと「サラリーマン川柳」とを結びつけて考えてみる必要があるのではないだろうか。匿名批評的な無遠慮さで支配階級の非道、失政をつき下々のうっぷんをぶちまけてくれている点で、川柳は庶民大衆に受け入れられ育ったのである。今、まさにその時代であることを見逃してはいけない。

（平成五年七月）

水割りの氷が起きる午前四時

棒鱈の風と契って村消える

すっかりと雪溶けました　躁と鬱

玩具売場に初老が一人孤がひとり

いのち一つ四つに切って酔って寝る

回転ドア影をちぎってきた孤独

自転車置場眠りこけてるいのちたち

『雫』は、前の雫と同じような形をし、同じようなスピードでふくらみ、そして落ちていくのだが、前に落ちていった雫とはまったく違うものなのである。同じであっても新しい、そんな川柳があるとしたら、これは私が求めている川柳なのかも知れない。

五、七、五の形は同じである。その同じ形のなかで、いつも新しい川柳があってもいいのではないかと思う。

（平成八年四月）

天の天から降りてくるいのち　雪よ
舌下錠ひとつのいのちひとつの時間
一万歩五月の空に首がない
地の底がこんなに遠いうつむく日
少し好きたくさん好きでただの友
殺戮の刻よスライスにする左脳
お別れのジョークがひとつ雪へ舞い

『理性』の対抗者が『情念』であって、理性と情念が拮抗することによって人間に近づいていくのである。理性だけではいい川柳は生まれないし、また情念だけでもいい川柳は生まれない。理性という自己省察をする能力を打ち破ってくれるのが情念なのである。情念は理性への対抗者であるとともに、人間に魂を植えつけ、それを偉大な事柄に高めるものなのである。人間として生まれて、より人間に近づけようとしているのが情念なのである。

（平成八年六月）

へべれけの河童へ明日の血糖値
デスマスク泣きびしょこびしょへ涙する
暗証番号今日のいのちをプッシュする
いのちの木心配してる酒酒酒
ユダの血が近寄ってきた笑顔笑顔
生きていたよかった夜蜘蛛逃がしてる
除夜の鐘生きる句もなく時が果て

このたった十七音しかない川柳も同じことがいえるのではないだろうか。『いひおほせて何かある』ということばの裏に客を立てる精神が秘められているのである。一句を押しつけがましく伝えるというのではなく、作者と読者の協同作業によって、その作品の意味を深めていくのである。この『じゃあね』というあいまいさの中に、相手は「移り」と「匂い」と「ひびき」を感じとっているのである。ここに川柳のなかの『あいまいさ』の美学があるといえよう。

（平成九年二月）

新しいドラマ白紙へペン走る
驕る日を少し悔いてる小銭入れ
千本の矢が心地よい寒の月
妥協してレモンが沁みる自己嫌悪
トンネルの向うはきっと花園だ
愛孤独白い頭脳を腐らせる
殺戮の地球を重く木の葉散る

いま、川柳と俳句の狭間にいて悩んでいる。いや、それよりも川柳とは何かについて悩んでいるといってもよいだろう。いやちがう、これからの川柳はいかに生きるべきなのかで悩んでいるといった方がよいだろう。それは川柳の文芸性、そして川柳のなかの詩精神を追っかけていくと、いつの間にか松尾芭蕉に引き込まれてしまうからである。それは川柳でなく、俳句の世界になってしまう。だから悩んでいるのである。

（平成九年七月）

白い獣が鼻孔ひらいて雪唸る

食べきった時間の重い酒酒酒

散骨がいいなと死なぬ蒼い咽喉

にんげんのことばはみんなひとごろし

人間を信じてならぬ花いちもんめ

スフィンクス逆立ちをして酔い痴れる

旅いくつ残尿感へ鳴るピアノ

川柳における間合いにおいてもしかりではないだろうか。一字アケ、二字アケ、リーダーといったものの空間を埋めるのは読者であって、ときには作者以上のイメージを展開することもあるであろう。しかし、その間は、教えてもできない「魔」であって、やたら使うと川柳の神髄を失うことになるので、気をつけたいものである。

（平成十年九月）

肉体を凝縮させて雪じんじん
引き裂いた霧からぽかり六十五歳
びっしょりと寝汗　原稿たまってる
百円均一糖尿の本買ってくる
人間のことばつまらぬヒトになる
くさるのを蝿が待ってた河童の死
はらわたの焔のかたまりよ詩が燃える

選者教室を開講することにした。それは選者を経験した人たちにいちように言えることであって、選句の仕方、披講の仕方など何も習わずに、いきなりその場に立たされている。こういうことは他のジャンルで余りないことで、川柳界だけが、それを許されるのであれば、川柳発展に影響するのではないかというのが、選者教室開講への主たる理由である。

（平成十二年五月）

III

現代大衆川柳論

野のはての愛かも知れぬ野火陣陣
骨片をしゃぶった舌と触れた舌
手をつなぎ潰れた街を跨いでる
無言無言時間時間そして葛藤
サランラップの中で窒息して泳ぐ
働いて働いて母　足洗う
生か死か遠くの恋を抱き寄せる

読まれることで川柳であることが認識される。さらに読んで楽しくなければ後がつづかないし、面白くなければ人を呼ばない。しかしまだそれだけでは川柳は文芸にはならない。その作品が読者を感動させ、そしてなんらかの心の糧とならなければならない。そこに現代大衆川柳の難しさがある。大衆を喜ばせる川柳、これこそ現代に必要な文芸ではないだろうか。

私はここに、大衆川柳時代の幕開けを宣言する。

（平成十五年四月）

雪雪雪光と影と黒髪と
火傷する前に抑える風の距離
真夜中さんさん亡母が机に来て眺め
しゃがんでた蛍が舞った愛還還
勲章懸けが伸びてきたしわくちゃな首
砂漠だ砂漠だいのちが走る雪走る
イニシャルが眠る少年となる日記

これらを要約すると現代大衆川柳に必要なことの項目は次のようになる。
①川柳は大衆に理解できる一行詩でなければならない。
②現代大衆の生活意識をもって詠わなければならない。
③現代人にとって「面白さ」がなければならない。
④現代語の話言葉で詠わなければならない。
⑤時代とともに生き続けるテーマでなければならない。
（平成十六年二月）

パソコンの指がしゃべった愛と愛
イルミネーション吹雪の中で嘘ばかり
抱きしめる双手よ天へ地へ人に
眉吊って目ん玉落として業ぽろろ
リサイクルの店にちょこんと俺がいた
ゆっくりと冷たく死者と手をつなぎ
ガン病棟ガンは重病にはあらず

結論から先に言うと、現代大衆川柳の三要素は①平易性、②共通性、③娯楽性であることを認識して頂きたい。

①の平易性とは、誰でも分かる句のことで、川柳人以外の人達にも理解してもらうことである。②の共通性とは、日常生活のなかで同じ体験をし、又は体験しなくとも理解でき、共鳴できる句のことである。③の娯楽性は、ともかく川柳は楽しくなければならない。

（平成十六年三月）

陰湿に爆発をした　細胞へドロ

内視鏡悪魔と病魔手をつなぎ

膀胱ガンいのちひとつを戸惑せ

膀胱になれと小腸埋められる

旅三日捨て場所探す尿パッド

生きているいのちなんにもできずいる

旅つづく地酒へ膀胱までとろけ

川柳が大衆のための文学として確立するのであれば「物語性と描写」が必要になってくる。すなわち登場人物の性格付け、情景、雰囲気などの描写が欠くことのできない重要な要素でなければならない。

（平成十六年十一月）

地の底の底から雪が湧いて修羅
書き置きを妻には見せぬ明けカラス
生きていることに気がつく無料パス
キーを打つ音が途切れる死の予感
みんな生きているのだ病院の椅子
白昼へ睡魔が襲うスケジュール
あと五年十年恋を抱くいのち

いや、これからは好むと好まざるとにかかわらず、メディア川柳はいろいろなかたち、姿で社会のなかで踊り出るのではないだろうか。それを私たち川柳人は別世界のものと思って放置しておくと現代川柳は破れるのではないかと思う。狂句が新川柳のために破れたように、現代川柳が同じ憂き目をみる気がするのである。

（平成十八年三月）

死を嘲笑うガンを嗤って夜の孤独

鬼は死を知ってはしゃいで酒ほろろ

平和とはテレビに映る死者の数

勲章が一つ間抜けのモーニング

死んだふりしてるケータイ鳴っている

残された時間を抱いて二人きり

苦節五十年芸術賞がしゃべり出す

もし、それが嫌であれば勢い革新的な川柳に切り替えて私だけが満足する、仲間だけがわかる川柳にしなければ世間では通用しない。しかし、調和型にあまんじて心境川柳や日記川柳ならまだ川柳といえるが、道句や格言川柳の横行では川柳は文学ということはできなくなってしまう。このままだと現代川柳は道句となって川柳は消えてしまうかも知れない。

（平成十八年五月）

生きている飲んでる十二支の六巡り
いのち一つ制限食の箸を持ち
テロリストになれずに青い清い恋を抱き
昭和一桁時代遅れにされて生き
鍬持つと絵になってくるクールビズ
一年を三色で書くスケジュール
愛と愛鬼の匂いが少しする

ある出版社の編集者に一年二冊のペースで本を出すことを約束した。そして今のところはそのペースを守り続けている。そうすると人生一〇〇年説に準ずるとあと約五〇冊の本を出せることになる。川柳作家として生きてきた川柳冥利につきるのではないだろうか。もしこれが挫折したとしても夢だけは持ち続けたいものだ。

（平成十八年八月）

もう一ついのちが欲しい原稿紙

独り酔う今日は地獄へ行ってみる

影絵だけ抱き合っている老春譜

サンマまであっち向いてる二人膳

百歳説書きたいことがあるいのち

冷凍人間むかしのままの古い恋

久し振り妻といっしょのオムライス

川柳が舞台に上がった。詩吟によって吟じられ尺八によって作曲され、モダンダンスによって創作され、そして舞った。ここに川柳は、まったく新しいジャンルとして表現されたのである。観客に感動を与え、大脳を活性化させ、未知の世界を現実へと展開していった。ここに一つの川柳の作品が、新しい芸術として誕生したのである。

（平成十九年四月）

天国も地獄もいかぬ初日の出
女の中でひとり芝居をして帰る
孫曾孫まだ老いていぬ男の譜
遺書を書く決心をした無一文
死を食べて食べて百歳説といる
あんぱんの穴に昭和史が眠る
死んだふりしてもいのちの音たしか

それはともかくとして北海道の川柳は大同団結して川柳誌を統合しなければならない。そうしなければ高齢化のためにどんどん廃刊していくことは目に見えている。そのためにも川柳誌は統合しなければならない。各結社名は歴史があるのだからそのまま残して川柳誌だけでも統合しなければならない。この考えに賛成なら声を掛けて欲しい。

（平成二十年四月）

地を這うか天へ抜けるか林住期

まだ生きるつもりだ靴を買って来る

生きて来た時間と遊ぶ鬼ごっこ

死と対峙すると愛しい鬼ばかり

後期高齢いのちの悲鳴届かない

崩れゆくいのちを抱いて原稿紙

母さんがくれたいのちだ抱いて寝る　（辞世）

しかし、人間には百歳までのライフスタイルというものがある。また人間のみが持つ精神力というものがある。その上、夢があり、希望があり、恋がある。これらの人間のみがもつ四次元の世界がいや、五次元の世界が百歳への夢を実現させてくれるのだ。

（平成二十年五月）

あとがき

平成二十年五月一日、僕は斎藤大雄会長より、札幌川柳社の二代目の主幹をバトンタッチされた。四十二年間も主幹としての重責を果たしてこられた大雄さんは道内はもとより、道外においても川柳界のカリスマであった。その後を受けて主幹となることは、浅学非才の僕にとっては大変な重荷になることは覚悟の上であった。それでも、大雄さんがまだまだ会長として僕をバックアップしてくれることを前提としていたので、気分的には楽だった。

ところが、それから二カ月もたたない六月二十九日の午前三時五十八分に、大雄さんは胃癌で天界に旅立ってしまった。六月二十三日に入院して、わずか六日間での急逝であった。余りにも早い訃報にたいして、どれだけの川柳人が涙を流したであろうか。その死にたいしての深い悲しみと、川柳界にとっての大きな痛手ははかりしれないものがある。昭和、平成と生き抜き、川柳に命を賭けた大雄さんの七十五年間の軌跡は、川柳界に大きな偉人としてその名を刻みこむことであろう。

さて、大雄さんの五十年になろうとする川柳作品と、えいえいと原稿用紙のマス目を埋めてこられた川柳論を一冊にまとめるとなると、何百ページを要してもまとまるものでもない。しかし、大雄さんへの熱い想いと、深い悲しみが胸に穴をあけているうちに残すことこそが、いささかの恩返しになるのではないだろうか。雨宮朋子さんからの強い要請もあり、なんとか一周忌の前日に開催される「第三十三回全日本川柳二〇〇九札幌大会」に発刊を間に合わせるようにと、「川柳さっぽろ」誌の六〇〇冊に付箋を貼りながら繰り返しページをめくり続けた。

句は年齢とともに内容も表現方法も変化していく。それは社会が自然が動いているのであるから当然のことである。日々刻まれていく心の軌跡としての一句一句が、歳月の累積となって血となり肉となっていく。一年ずつ十二冊のページを辿ると、大雄さんが歩んだ川柳の言霊が語りかけ、命の鼓動が聞こえてくる。まさに日記であり人生詩であり生と死への移ろいであり、内奥からの叫び声でもある。

また、巻頭言に書かれた川柳への深い想いは、川柳の普及への闘いであり、第三雑詠から情念の世界へ、そして現代大衆川柳論への展開は川柳界の鬼としての才能をフル回転させての所産である。上段の作品と下段の文章とをつなぎあわせて読んでいただくと、大雄さんの思想や哲学までをも感知させられるのではないかと考えている。これほどまで川柳を熱く語り続けた男はいたであろうか。僕は否と断言する。だからこそカリスマなのであり、鬼なのだと実感せざるをえない。

情念句から大衆川柳への大きな転回は、川柳作家としての斎藤大雄ではなく、もう一人の物書きとしての大雄によるものであり、決して川柳に賭ける想いが変質した訳ではない。テレビ出演やマスメディアと対峙する中で、川柳とは？　川柳の普及とは？　と考えた時、当然のように大衆とは？　に帰結したのであろう。現代大衆川柳論の俗物の叫びの中で、川柳が大衆に親しまれ、平易で、共通性があり、娯楽性があると書いている。ここにいたるまでの道のりは、あらゆる川柳の世界を理解し、把握した上での結論であり、現在の川柳界に一石を投じるための論陣であった。

大雄さんの作品には、母、酒、女、原稿紙、鬼、命、死、癌などの句が多く発表されている。名吟家であり、話上手であり、名文家でもあったことは誰もが認めるところであり、酒をこよなく愛していたのも周知の通りである。そして人間が好きだったからこその川柳であり、川柳にどっぷりと恋をしたからこそ命をもなげうったのである。癌の手術をしてからの作品は、命を削りながらの癌と原稿紙と死をテーマにしたものが多い。そして平成十五年から亡くなるまでの五年間でなんと九冊もの著書を発刊しているのであるから驚かざるをえない。まさに死を予期していたかのように原稿用紙に向かい、全道と全国を駆け回ったのである。残された時間を食い尽くすかのように。

一人の偉大な男の生きざまと死にざまを実感し、なぜこれほどまでに川柳を愛することができたのかという想いの一端にふれていただきたいと思う。命刻とは、命を刻むことであり、刻んだ命を残すことでもある。

時間に追われての資料の整理であったので、大雄さんに怒られるかもしれない。雨宮朋子さんと新葉館のスタッフに感謝し、多くの方に読んでいただくことをお願いしたい。

平成二十一年三月

岡崎　守

【編者略歴】

岡崎　　守（おかざき・まもる）

1941年、北海道三笠市幾春別生まれ。

現在、札幌川柳社主幹、北海道川柳連盟副会長、（社）全日本川柳協会理事、札幌道新文化センター講師、朝日カルチャーセンター講師。

著書に七人句集「芽」（共著・昭和50年）、句集「三面鏡」（昭和51年）、川柳句文集「さいはて」（昭和54年）、川柳句文集「北天」（昭和61年）、句文集「人間の風」（平成10年）。

斎藤大雄の川柳と命刻

新葉館ブックス

◯

平成21年6月28日初版

編　者

岡　崎　　守

発行人

松　岡　　恭　子

発行所

新　葉　館　出　版

大阪市東成区玉津1丁目9-16 4F 〒537-0023
TEL06-4259-3777 FAX06-4259-3888
http://shinyokan.ne.jp

印刷所

FREE PLAN

◯

定価はカバーに表示してあります。

ISBN978-4-86044-374-0